독립선언서

民族的良心과國家的廉義의壓縮銷殘을興奮伸張하려하면各個人格의正當한發達을遂하고하며可憐한子弟에게苦恥的財産을遺與치안이하려하면子子孫孫의永久完全한慶福을導迎하려하면最大急務가民族的獨立을確實케함이니二千萬各個가人마다方寸의刃을懷하고人類通性과時代良心이正義의軍과人道의干戈로써護援하는今日吾人은進하야取하매何強者를꺽지못하랴

現在를綢繆하기에急한吾人은宿昔의懲辨을暇치못하노라 今日吾人의所任은다만自己의建設이有할뿐이오決코他의破壞에在치안이하도다 嚴肅한良心의命令으로써自家의新運命을開拓함이오決코舊怨과一時的感情으로써他를嫉逐排斥함이안이로다 舊思想舊勢力에羈縻된日本爲政家의功名的犧牲이된不自然又不合理한錯誤狀態를改善匡正하야自然又合理한正經大原으로歸還케함이로다

當初에民族的要求로서出치안이한兩國併合의結果가畢竟姑息的威壓과差別的不平과統計數字上虛飾의下에서利害相反한兩民族間에永遠히和同할수업는怨溝를去益深造하는今來實績을觀하라 勇明果敢으로써舊誤를廓正하고眞正한理解와同情에基本한友好的新局面을打開함이彼此間遠禍召福하는捷徑임을明知할것안인가 또二千萬含憤蓄怨의民을威力으로써拘束함은다만東洋의永久한平和를保障하는所以가안일뿐아니라此로因하야東洋安危의主軸인四億萬支那人의日本에對한

독립선언서

초판 1쇄 인쇄 2021년 2월 15일
초판 1쇄 발행 2021년 2월 20일

디자인 그별
펴낸이 남기성

펴낸곳 주식회사 지화상
인쇄,제작 데이타링크
출판사등록 신고번호 제 2016-000312호
주소 서울특별시 마포구 월드컵북로 400, 2층 201호
대표전화 (070) 7555-9653
이메일 sung0278@naver.com

ISBN 979-11-90298-99-5 02800

표지사진 보문사 3·1독립선언서 ⓒ독립기념관

'2·8 독립선언서'와 '3·1 독립선언서'의 현대어 번역의 이용 허락을 구하고자 하였으나,
연락 가능한 메일 주소와 전화번호를 찾지 못했습니다.
출판사로 연락 주시면 합당한 절차에 따라 저작권에 따른 사항을 진행하겠습니다.

독립선언서

자화상

차 례

2·8 독립선언서

모든 조선청년독립단은 우리 이천만 조선민족을 대표하여 정의와 자유의 승리를 얻은 세계 만국 앞에 독립을 이루기를 선언하노라.

4300년의 유구한 역사를 가진 우리 겨레는 실로 세계 최고의 문명 민족 중 하나다.

비록 어떤 때에는 중국의 정삭을 받든 적은 있었으나 이는 조선 황실과 중국 황실과의 형식적인 외교 관계에 지나지 아니하였고 조선은 늘 우리 겨레의 조선이오 한 차례도 통일한 국가를 잃고 다른 민족의 실질적인 지배를 받은 적 없도다.

일본은 조선이 일본과 순치의 관계가 있음을 깨닫고 1895년 청일전쟁의 결과로 일본이 한국의 독립을 앞장서 승인하였고 영·미·프·독·러 등 여러 나라들도 독립을 승인했을 뿐더러 이를 보전하기를 약속하였도다.

한국은 그 의리에 감동하여 마음을 다잡고 여러 개혁과 국력의 충실을 꾀하였도다.

당시 러시아의 세력이 남하하여 동양의 평화와 한국의 안녕을 위협하니 일본은 한국과 공수동맹을 체결하

여 러일전쟁을 펼치니 동양의 평화와 한국의 독립 보
전은 실로 이 동맹과 뜻을 같이 하는 바, 한국은 더욱
그 호의에 감동하여 육해군의 작전상 원조는 불가능하
였으나 주권의 위험까지 희생하여 가능한 온갖 의무를
다하여서 동양 평화와 한국 독립의 양대 목적을 추구
하였도다.

마침내 전쟁이 끝나고 당시 미국 대통령 루즈벨트
씨의 중재로 러일 사이에 강화회의가 열리니 일본은
동맹국인 한국의 참가를 불허하고 러일 두 나라 대표
자 사이에 임의로 일본의 한국에 대한 종주권을 의정
하였으며 일본은 우월한 병력을 가지고 한국의 독립
을 보전한다는 옛 약속을 어기고 나약한 당시 한국 황
제와 그 정부를 위협하고 속여넘겨「국력의 충실함이
족히 독립을 얻을 만한 시기까지라」는 조건으로 한국
의 외교권을 빼앗아 이를 일본의 보호국으로 만들어
한국으로 하여금 직접 세계 여러 나라들과 교섭할 길
을 끊고 그로 인하여「상당한 시기까지라」는 조건으로
사법·경찰권을 빼앗고 다시「징병령 실시까지라」는 조

건으로 군대를 해산하며 민간의 무기를 압수하고 일
본 군대와 헌병 경찰을 각지에 두루 두며 심지어 황궁
의 경비까지 일본 경찰을 쓰고 이리하여 한국으로 하
여금 전혀 저항할 수 없도록 만든 뒤에 째 사리에 밝다
일컬어지는 한국 황제를 내쫓고 황태자를 내세워 일본
의 사냥개로 이른바 합병 내각을 조직하여 비밀과 무
력 속에서 합병조약을 맺으니 이에 우리 겨레는 건국
이래 반만년에 스스로를 이끌고 도와준다고 하는 우방
의 군국적 야심에 희생되었도다.

실로 일본은 한국에 대한 행위는 사기와 폭력에서
비롯된 것이니 실상 이렇게 위대한 사기의 성공은 세
계 흥망사 상에 특필할 인류의 큰 수치이자 치욕이라
하노라.

보호조약을 맺을 때에 황제와 불충한 신하가 아닌
몇몇 대신들은 모든 반항 수단을 다하였고 발표 뒤에
도 모든 국민은 맨손으로 할 수 있는 온갖 반항을 다하
였으며 사법, 경찰권의 피탈과 군대 해산 때에도 그리
하였고 합병 때에 이르러서는 손 안에 쇠붙이가 없음

에도 불구하고 할 수 있는 온갖 반항 운동을 다하다가 날랜 일본 무기에 희생된 자가 헤아릴 수 없으며 그 뒤 십 년간 독립을 회복하려는 운동으로 희생된 자가 수 십만이며 가혹한 헌병 정치 아래 손발과 입과 혀의 규제를 받으면서도 일찍이 독립운동이 끊긴 적이 없나니 이를 보아도 한일합병이 조선민족의 의사가 아님을 알 수 있을지라. 이렇게 우리 겨레는 일본 군국주의적 야심의 사기 폭력 아래 우리 겨레의 의사를 거스르는 운명을 맞았으니 정의로 세계를 개조하는 요새 당연히 바로잡기를 세계에 구할 권리가 있으며 또 세계 개조에 주인되는 미국과 영국은 보호와 합병을 앞장서 승인한 까닭으로 이때에 과거의 오랜 과오를 씻을 의무가 있다 하노라.

또 합병 이래 일본의 조선 통치 정책을 보건대 합병 시의 선언을 거슬러 우리 겨레의 행복과 이익을 무시하고 정복자가 피정복자에게 대하는 고대의 비인도적 정책을 써서 우리 겨레에게는 대소정권, 집회 결사의 자유, 언론 출판의 자유를 허락치 아니하며 심지어

종교의 자유, 기업의 자유까지도 꺽잡이 구속하며 행
정 사법 경찰 등 모든 기관이 조선민족의 인권을 침해
하며 공공의 이익에 우리 겨레와 일본인 사이에 우열
의 차별을 두며 일본인에 비하여 열등한 교육을 실시
하여서 우리 겨레로 하야금 영원히 일본인의 심부름꾼
이 되게 하며 역사를 개조하여 우리 겨레의 거룩한 역
사적, 민족적 전통과 위엄을 파괴하고 능욕하며 소수
의 관리를 뺀 그 밖의 정부의 모든 기관과 교통, 통신,
병비 기관에 전부 혹은 대부분 일본인만 써서 우리 민
족으로 하여금 영원히 국가 생활의 지능과 경험을 얻
을 기회를 얻을 수 없게 하니 우리 겨레는 결코 이러한
무력과 억압을 사용한 국가 장악과 부정하고 불평등한
정치 아래에서 생존과 발전을 누릴 수 없는지라. 그 뿐
더러 원래 인구가 많은 조선에 무제한으로 이민을 장
려하고 보조하여 대대로 살아온 우리 겨레는 해외로
떠돌기를 면치 않게 하여 국가의 모든 기관은 물론이
요 사설의 모든 기관에까지 일본인을 써서 한편 조선
인에게 직업을 잃게 하며 한편 조선인의 부를 일본으

로 흘러가게 하고 상공업에서는 일본인에게는 특수한 편익을 주어 조선인으로 하여금 산업적 발흥의 기회를 잃게 하도다. 이렇게 어떤 방면으로 보아도 우리 겨레과 일본인과의 이해를 서로 어긋나게 하며 어긋나면 그 피해를 받는 자는 우리 겨레이니 우리 겨레는 생존의 권리를 위하여 독립을 주장하노라.

마지막에 동양 평화의 견지로 보건대 그 위협자이던 러시아는 이의 군국주의적 야심을 포기하고 정의와 자유와 박애를 기초로 한 새로운 국가를 건걸하려고 하는 중이며 중화민국도 또한 그러하며 더불어 이번 국제연맹이 실현되면 다시 군국주의적 침략을 감행할 강국이 없을 것이라. 그러할진대 한국을 합병한 가장 큰 이유가 이미 소멸되었을 뿐더러 이로 조선민족이 무수한 혁명 전쟁을 일으킨다 하면 일본에게 합병된 한국은 거슬러 동양 평화를 교란할 화근이 될지라. 우리 겨레는 정당한 방법으로 우리 겨레의 자유를 추구할 것이나 만일 이로써 성공치 못하면 우리 겨레는 생존의 권리를 위하야 온갖 자유 행동을 취하여 마지막 한 사람까지 자유를 위하는 뜨거운 피를 흘뿌릴지니 어찌 동양 평화의 화근이 아니리오. 우리 민족은 일병이 없어라. 우리 겨레는 병력으로써 일본에게 저항할 실력이 없어라. 그러나 일본이 만일 우리 겨레의 정당한 요구에 불응한다면 우리 겨레는 일본에 대하여 영원한 혈전을 선언하리라.

우리 겨레는 아득히 뛰어난 문화를 가졌고 반만년 간 국가생활의 경험을 가진 자라. 비록 많은 세월 전제 정치의 해독과 경우의 불행이 우리 겨레의 오늘로 이르게 하였다 하더라도 정의와 자유를 기초로 한 민주주의 위에 선진국의 본보기를 따라 새로운 국가를 건설한 뒤에는 건국 이래 문화와 정의와 평화를 애호하는 우리 겨레는 반드시 세계의 평화와 인류의 문화에 공헌할지라.

이에 우리 겨레는 일본이나 혹은 세계 각국이 우리 겨레에게 민족 자결의 기회를 주기를 요구하며 만일 그렇지 아니하면 우리 겨레는 생존을 위하여 자유 행동을 취하여서 우리 겨레의 독립을 이루기를 선언하노라.

조선청년독립단
대표자

최팔용(崔八鏞) 이종근(李琮根)
김도연(金度演) 송계백(宋繼白)
이광수(李光洙) 최근우(崔謹愚)
김철수(金喆壽) 김상덕(金尙德)
백관수(白寬洙) 서춘(徐椿)
윤창석(尹昌錫)

결의 문

1.

우리 단체는 한일 합병이 우리 겨레의 자유 의사로 나오지 아니하고 우리 겨레의 생존과 발전을 위협하고 또 동양의 평화를 교란하는 원인이 된다는 이유로 독립을 주장함.

2.

우리 단체는 일본 의회 및 정부에 조선민족대회를 소집하여
해회(該會)의 의결로 우리 겨레의 운명을 정할 기회를 주기
를 요구함.

3.

우리 단체는 만국강화회의에 민족자결주의를 우리 겨레에
게도 적용하기를 청구함. 오른쪽의 목적을 달성하기 위하여
일본에 주재한 각국 대공사에게 우리 단체의 주의를 각기 정
부에 전달하기를 의뢰하고 동시에 위원 두 명을 만국강화회
의에 파견함. 오른쪽 위원은 이미 파견한 우리 겨레의 위원
과 일치 행동을 갖음.

4.

전 항의 요구가 실패될 때에는 우리 겨레는 일본에 대하여
영원한 혈전을 선언함. 이로써 생기는 참화는 우리 겨레가
그 책임을 지지 아니함.

2·8 독립선언을 주도한 일본 유학생들
ⓒ독립기념관

2·8 독립선언 학생 대표 출옥 기념 사진
ⓒ독립기념관

우리는 이에 우리 조선이 독립한 나라임과, 조선 사람이 자주적인 민족임을 선언한다.

이로써 세계 만국에 알려 인류 평등에 큰 도의를 분명히 하는 바이며, 이로써 자손만대에 깨우쳐 일러 민족의 독자적 생존에 정당한 권리를 영원히 누려 가지게 하는 바이다.

반만년 역사의 권위에 의지하여 이를 선언함이며, 이천만 민중의 충성을 합하여 이를 두루 펴서 밝힘이며, 영원히 한결같은 민족의 자유 발전을 위하여 이를 주장함이며, 인류가 가진 양심의 발로에 뿌리박은 세계 개조의 큰 기회와 시운에 맞추어 함께 나아가기 위하여 이 문제를 내세워 일으킴이니, 이는 하늘의 지시이며, 시대의 큰 추세이며, 전 인류 공동생존권의 정당한 발동이기에 천하의 어떤 힘이라도 이를 막고 억누르지 못할 것이다.

낡은 시대의 유물인 침략주의·강권주의에 희생되어 역사가 있은 지 몇 천 년 만에 처음으로 다른 민족의 억누름에 뼈아픈 괴로움을 당한 지 이미 십 년이 지

났으니, 그동안 우리 생존권에 빼앗겨 잃은 것이 그 얼마이며, 정신상 발전에 장애를 받은 것이 그 얼마이며, 민족의 존엄과 명예에 손상을 입은 것이 그 얼마이며, 새롭고 날카로운 기운과 독창력으로 세계 문화에 이바지하고 보탤 기회를 잃은 것이 그 얼마나 될 것이냐.

슬프다. 오래전부터의 억을을 떨쳐 버리려면, 눈앞의 고통을 헤쳐 벗어나려면, 장래의 위협을 없애려면, 늘러 오그라들고 시그러져 잦아진 민족의 장대한 마음과 국가의 체면와 도리를 떨치고 뻗치려면, 각자의 인격을 정당하게 발전시키려면, 가엾은 아들 딸들에게 부끄러운 현실을 물려주지 아니하려면 자자손손에게 영구하고 완전한 경사와 행복을 끌어대어 주려면, 가장 크고 급한 일이 민족의 독립을 확실하게 하는 것이니 이천만 사람마다 마음의 칼날을 품어 굳게 결심하고, 인류 공통의 옳은 성품과 이 시대를 지배하는 양심이 정의라는 군사와 인도라는 무기로써 도와주고 있는 오늘날, 우리는 나아가 취하매 어느 강자인들 꺾지 못하며, 물러가서 일을 꾀함에 무슨 뜻인들 펴지 못하랴.

병자수호조약 이후 때때로 굳게 맺은 갖가지 약속을 저버렸다 하여 일본의 배신을 죄주려 하는 것이 아니다.

그들의 학자는 강단에서, 정치가는 실제에서 우리 옛 왕조 대대로 닦아 물려온 엄척을 식민지의 것으로 보고, 문화 민족인 우리를 야만족같이 대우하며 다만 정복자의 쾌감을 탐할 뿐이요, 우리의 오랜 사회 기초와 뛰어난 성품을 무시한다 해서 일본의 의리 없음을 꾸짖으려는 것도 아니다.

스스로를 채찍질하고 격려하기에 바쁜 우리는 남을 원망할 겨를이 없다.

현 사태를 수습하여 아물리기에 급한 우리는 묵은 옛일을 응징하고 잘못을 가릴 겨를이 없다.

오늘 우리에게 주어진 임무는 오직 자기 건설에 있을 뿐이요, 그것은 결코 남을 파괴하는 데 있는 것이 아니다.

엄숙한 양심의 명령으로써 자기의 새 운명을 펼쳐나갈 뿐이요, 결코 묵은 원한과 일시적 감정으로써 남을

28

시새워 쫓고 물리치려는 것도 아니로다.

낡은 사상과 묵은 세력에 얽매여 있는 일본 정치가들의 공명에 희생된 불합리하고 부자연스러움에 빠진 이 어그러진 상태를 바로잡아 고쳐서 자연스럽고 합리적인, 올바르고 떳떳한 큰 근본이 되는 길로 돌아오게 하고자 함이로다.

당초에 민족적 요구로부터 나온 것이 아니였던 두 나라의 합방이었으므로 그 결과가 마침내 억누름으로 유지하려는 일시적인 방편과, 민족 차별의 불평등과, 거짓으로 꾸민 통계 숫자에 의하여 서로 이해가 다른 두 민족 사이에 영원히 함께 화합할 수 없는 원한의 구덩이를 더욱 깊게 만드는 오늘의 실정을 보라.

날래고 밝은 결단성으로 묵은 잘못을 고치고, 참된 이해와 동정에 그 기초를 둔 우호적인 새로운 판국을 타개하는 것이 서로 간에 화를 쫓고 복을 불러들이는 빠른 길인 줄을 분명히 알아야 할 것이 아닌가.

또 원한과 분노에 쌓인 이천만 민족을 위력으로 구속하는 것은 다만 동양의 영구한 평화를 보장하는 길이 아닐 뿐 아니라, 이로 인하여 동양의 안전과 위태로움을 좌우하는 글대인 4억 중국인이 일본에 따하여 가지는 두려움과 시새움을 갈수록 두텁게 하여, 그 결과로 동양의 온 판국이 함께 넘어져 망하는 비참한 운명을 가져올 것이 분명하니, 오늘날 우리 조선의 독립은 조선 사람으로 하여금 정당한 생존과 번영을 이루게 하는 동시에 일본으로 하여금 그릇된 길에서 벗어나 동양을 붙들어 지탱하는 자의 중대한 책임을 온전히 이루게 하는 것이며, 중국인으로 하여금 꿈에도 잊지 못할 괴로운 일본 침략의 공포심으로부터 벗어나게 하는 것이며, 또 동양 평화로써 그 중요한 일부를 삼는 세계 평화와 인류 행복의 필요한 단계가 되게 하는 것이다.

이 어찌 사소한 감정상의 문제이리오.

아, 새로운 세계가 눈앞에 펼쳐졌도다.

위력의 시대가 가고 도의의 시대가 왔도다.

과거 오랫동안 갈고 닦아 키우고 기른 인도적 정신이 이제 막 새 문명의 밝아오는 빛을 인류 역사에 쏘아

비추기 시작하였도다.

새봄이 온 세계에 돌아와 만물이 되살아나기를 재촉하는구나.

혹심한 추위가 사람의 숨을 막아 꼼짝 못 하게 한 것이 저 지난 시대의 형세라 하면, 화창한 봄바람과 따뜻한 햇볕에 원기와 혈맥을 떨쳐 펴는 것은 이 한때의 형세이니, 천지에 돌아온 운수에 접하고 세계의 새로 바뀐 조류를 탄 우리는 아무 주저할 것도 없으며 아무 거리낄 것도 없도다.

우리의 본디부터 지녀온 권리를 지켜 온전히 하여 생명의 왕성한 번영을 실컷 누릴 것이며, 우리의 풍부한 독창력을 발휘하여 봄 기운 가득한 천지에 순수하고 빛나는 민족 문화를 맺게 할 것이로다.

우리는 이에 떨쳐 일어나도다.

양심이 우리와 함께 있으며, 진리가 우리와 함께 나아가는도다.

남녀노소 없이 어둡고 답답한 옛 보금자리로부터 활발히 일어나 삼라만상과 함께 기쁘고 유쾌한 부활을

이룩어내게 되도다.

먼 조상의 신령이 보이지 않는 가운데 우리를 돕고,
온 세계의 새 형세가 우리를 밖에서 보호하고 있으니
시작이 곧 성공이다.

다만, 앞길의 광명을 향하여 힘차게 곧장 나아갈 뿐
이로다.

공약 3장

1.

오늘 우리의 이번 거사는 정의, 인도와 생존과 영광을 갈망하는 민족 전체의 요구이니, 오직 자유의 정신을 발휘할 것이요, 결코 배타적인 감정으로 정도에서 벗어난 잘못을 저지르지 말라.

1.

최후의 한 사람까지, 최후의 일각까지 민족의 정당한 의사를 시원하게 발표하라.

1.

모든 행동은 가장 질서를 존중하며, 우리의 주장과 태도를 어디까지나 떳떳하고 정당하게 하라.

조선민족 대표 중 한 명인 손병희 선생의 묘소.
서울에 소재해 있다. ©문화재청

조선을 세운지 4252년 되는 해 3월 초하루.
조선민족 대표

손병희 길선주 이필주 백용성 김완규
김병조 김창준 권동진 권병덕 나용환
나인협 양순백 양한묵 유여대 이갑성
이명룡 이승훈 이종훈 이종일 임예환
박준승 박희도 박동완 신홍식 신석구
오세창 오화영 정춘수 최성모 최린
한용운 홍병기 홍기조

3·1 독립선언서
©문화재청

진관사 소장 태극기
©문화재청